अवैध प्यार

MORTE PRETANCE (IN HINDI)

सुमीत कुमार

Copyright © Sumeet Kumar
All Rights Reserved.

This book has been published with all efforts taken to make the material error-free after the consent of the author. However, the author and the publisher do not assume and hereby disclaim any liability to any party for any loss, damage, or disruption caused by errors or omissions, whether such errors or omissions result from negligence, accident, or any other cause.

While every effort has been made to avoid any mistake or omission, this publication is being sold on the condition and understanding that neither the author nor the publishers or printers would be liable in any manner to any person by reason of any mistake or omission in this publication or for any action taken or omitted to be taken or advice rendered or accepted on the basis of this work. For any defect in printing or binding the publishers will be liable only to replace the defective copy by another copy of this work then available.

सुमीत कुमार

सुमीत कुमार, एक वयस्क जो जीवन के कई चरणों का अनुभव करता है, एक प्रसिद्ध लेखक और नए युग के लेखक हैं। वास्तव में वह एक लेखक होने के साथ-साथ गायक, कवि, शायर, उद्धरण लेखक, गीतकार और एक कलाकार भी हैं। एंकर या स्टैंडअप कॉमेडियन। उनके बारे में बहुत ही रोचक और दिलचस्प तथ्य यह है कि वे नए युग के लेखक हैं यानी उन्होंने अपने लेखन की यात्रा उस उम्र में शुरू की जब वह अध्ययन करने के लिए स्कूलों जा रहे थे। उनकी 100 पुस्तकों की स्ट्रीक महान होगी भविष्य में उनके लिए उपलब्धि, उनकी कुछ प्रसिद्ध रचनाएँ यानी प्रेम की परिपक्वता (शैली _प्रेम) स्वप्न की

गोपनीयता (शैली-मध्य वर्ग की जीवन शैली)।

आप नोटियन प्रेस, अबे बुक्स, इम्युजिक इन, फ्लिपकार्ट, एमेजॉन, किंडल, इंस्टेंट रीड लाइक ईबुक, किंडल, गूगल, इंटरनेशनल साइट्स और कई अन्य से भी उनकी किताब खरीद सकते हैं।

स्पॉटिफ़ पर पॉडकास्ट: @ ब्रोकन हार्ट इंस्टा आईडी: बुकहब92
जीमेल: सुमितकुमार 88234 लिंक्डइन: सुमीत कुमार

क्रम-सूची

भूमिका

Enter Caption

अवैध प्यार सिर्फ एक कहानी नहीं है बाल्की ये जिंदगी के उश भावनाओं को दिखाती है जो हम अपनी खुली आंखें के शेयर भी देख नहीं सकते, इश्क और जंग कभी एक चीज है ही है ये दो तरफा बगबत है जिस खुदा से में पहचान नहीं सकता।

सुमीत कुमार

पावती (स्वीकृति)

सुमीत कुमार

सुमीत कुमार, एक वयस्क जो जीवन के कई चरणों का अनुभव करता है, एक प्रसिद्ध लेखक और नए युग के लेखक हैं। वास्तव में वह एक लेखक होने के साथ-साथ गायक, कवि, शायर, उद्धरण लेखक, गीतकार और एक कलाकार भी हैं। एंकर या स्टैंडअप कॉमेडियन। उनके बारे में बहुत ही रोचक और दिलचस्प तथ्य यह है कि वे नए युग के लेखक हैं यानी उन्होंने अपने लेखन की यात्रा उस उम्र में शुरू की जब वह अध्ययन करने के लिए स्कूलों जा रहे थे। उनकी 100 पुस्तकों की स्ट्रीक महान होगी भविष्य में उनके लिए उपलब्धि, उनकी कुछ प्रसिद्ध रचनाएँ यानी प्रेम की परिपक्वता (शैली _प्रेम) स्वप्न की गोपनीयता (शैली-मध्य वर्ग की जीवन शैली)।

आप नोटियन प्रेस, अबे बुक्स, इम्युजिक इन, फ्लिपकार्ट, एमेजॉन, किंडल, इंस्टेंट रीड लाइक ईबुक, किंडल, गूगल, इंटरनेशनल साइट्स और कई अन्य से भी उनकी किताब खरीद सकते हैं।

स्पॉटिफ़ पर पॉडकास्ट: @ ब्रोकन हार्ट इंस्टा आईडी: बुकहब92 जीमेल: सुमितकुमार 88234 लिंक्डइन: सुमीत कुमार

1
मरने को तैयार

Enter Caption

कुछ दर्द ऐश होते हैं जिंदगी में जिस तक याद करती हैं, क्योंकि वो हमारे जहां में ईश कदर मैशूर हो जाती है की वक्त आने पर हमारी महफिल भी उस अपना मन बैठाने की हम जीने की कोशिश भी करते हैं पर जब वही याद करते हैं जहां जैशी लगाने लगे तो हम बैश उनसे डर जाने

की कोशिश करते हैं, अक्सर जिश भूलने की बगबत करते हैं, वही हमी जिंदगी में वही हमी जिंदगी प्रति हो तो ठीक है वर्ना वक्त के साथ उसे कहत उसे दूर करने के लिए किशी और के उनसे में हमशा तबभाई ही लेकर आती है, मलूम तो नहीं होते पर उसकी बहन कभी चेन से सोने तक नहीं देती।

इतनी मुलाकातें काटी है तब जकार एक आइश सवेरे की खविश जहां पर खुद को खुशनसीब मानता हूं क्योंकि ना तो अब वो चौ है उस जोड़ी की और ना ही मुराद उस तालाब की जिसे देख कर भी कभी हम कुछ था की उमर के साथ जिमेदारियां भी बढ़ जाएगी और ये जिम्मेदारी कुछ ईश कदर शि हो की मुझे किशी और की जरूरत परगी खुद को संभलने के लिए, खुद की मजबूरियां और दुखी हूं क्यों जो सपने मैंने देखे थे उसे लेकर वो कभी सच थे ही नहीं है, उसे मुझे ये सिखे की बहुत एक रिश्ते को कहां कितना भी क्यों ना बचा लो ऐसी बात नहीं की

जी नहीं सकते क्योंकि मर्द हूं न जहीर तो हर बर करने की भीड़ आदत शि हो गई है और खुद को रौकू भी तो किश रास्ता रौकू, उसे हर वो खुशी मुझे आज भी याद जो मेरे उसके बहुत बाद में ये जो झकम बनाबती मिले हैं वो तो ठीक हो चुके हैं पर जो फिरत नायब शि है और सच्ची है, भूल नहीं पा रहा में, सयाद कोई गलती की जोगी, सयाद उसे अपना कर खुद के वजूद में खुद को बहुत पहले ही कर चूका और वक्त भी नाचीज कुछ ऐसी मुराद है मेरे उससे में की इतनी तालाब कितनी भी क्यों ना कर लूं मेरी किस्मत में ये मुझे उतने ही मिलेगी जिस्क में कुछ मेरे खास हैं दर्द की खैरत इतनी लंबी है की उसे ठीक करने के लिए एक जन्म कफी नहीं है मेरे उनसे में है, समजा की बातें से यह लगता है कि मेरे दर्द की कहानी कुछ खास नहीं है क्योंकि उनमें से एक है कैसे समझौता की जो मेरे अंदर टूट गया है वो कोई जुड़ने वाली चीज नहीं है और न ही इसकिकोई दावा है और न ही सजदे में कोई दुआ जो कबूल कर ले इसे, आइशी बात नहीं है की आखिरी वक्त में उसे समाधान की कोशीश नहीं पर कहीं दूर है मेरे वजूद से ये मेरे जीने और मार्ने की ख्वाश सेह, मतलब पागल था में उस एक साक्षी के लिए जिसके लिए उमर पक्की थी मेरी प्रति उसके चले

जाने के बाद नादान सा बन गया था, बच्चों की तरह रोता था उसे याद करके, जब भी बिम्मार हिस्सा तो उसे धूला, उसकी तलाश में हर रोज उसकी गलियां उसमें भी देख नहीं पाता, सयाद किस्मत के साथ कुछ खास बने थे मेरे ये उसमें तालाब भी मुझे और दर्द देने की कुछ खास नहीं थी..

मैं जब उसकी बहन मेरी बानों से डर जाने की रहमत कर रही थी तब उस वक्त उसकी नफरत ने ये सारेम पूरी महफिल में ये जहीर किया था की में मातृ एक जरिया था उसकी खामोशियों का इश्क में जो तलाश हो जो उसे टूटने के बाद ईश कदर बेहद प्यार करे की कबर उसकी साजी और बारात उसकी निकली और सयाद सजदे में उसकी दुआ भी कबूल हो जाति अगर वक्त की आगाज़ ने साथ में न तो ये किशी तराह की बायोमर है, और न ही कोई दुख दर्द, प्रति जो भी बहुत जरूरी है, मैं लिंग और सेक्स आकर्षण की बातें बिलकुन नहीं कर रहा, बश में इतना कहता हूं की मेरी लिखावट की है, सयाद कुछ लोग होंगे जिन्हे मेरी बातें पसंद न आए पर सबसे अपने हाथों सेह जिश कलाम से मेरी लिखावट आज में गोर कागज में लिखी जाएगी वो अमर रहेगी, बात रिश्तो नहीं है, ना हो जाए, हमारी जिंदगी हम सब किशी न किशी एक आइश साक्षी से जरूर मिलते हैं, जो हमारी खुशी की हर चादर खामोशियां के भागे सेह भादने में कामयाब होते हैं, बश आब और नहीं सयाद आब वो वक्त नहीं, और क्या है वही मिले है किशी की मोहब्बत में पर हम इतने भी पागल नहीं की मौत सामने हो और हम जश्न बने की हिम्मत रखे, जंगल का कुछ कुछ पल के लिए इशलिये संत रहा क्योंकि वो जनता नहीं है ,बुद्धिमान भी सर्वेश्रेष्ठ काम आती है किशी को मुश्किल करने के लिए ये वक्त आने पर किशी जंग को जीतने के लिए।

वैसा ही जंग की सुरूरत तो उस दिन हो गई थी जिश दिन उससे पहली बार मुलकत हुई थी, संभल नहीं पाया था खुद को क्योंकि हुस्न के परदे भी कुछ इश कादर से मेरी आंखें पर उसके कुछ भी कभी कर बैठा था, उम्मेद नहीं थी की कुछ आयशा भी हो जाएगा, मतलब सब कुछ खो चूका था उस एक पल में, मिलने की खुशी और उसके छोड जाने का गम

एक ही पल में सब कुछ कुछ सोच में था। क्या है मैंने पहले ये बतायो? क्यों कोई काम रे गई है मेरे प्यारे? सब कुछ तो बता दिया था तुम्हें आब कौन शि ऐशी खविश है ये इरादे है जो तुमसे छुपे है मैंने जो भी मिला सब कुछ जहीर किया, कहो वो मेरी खुशी हो ये मेरे गम, मोहब्बत, मोहब्बत संभलना, तुम्हारी पर्वः करना ये सब तो किया मैंने, फिर क्यों? अखिर क्यूं? ....

ऐशी बात भी नहीं है की तुम्हारे जाने के बाद में खुद को संभल नहीं पाया, ये खुद के दर्द दूर नहीं किया मैंने पर जो टूट गया था उसे जोड़ लिया था, मेरी मोहब्बत भी हर... जहीर की जो तुम देखना चाहता था फिर अचानक से जब उस टुकड़े हुआ ना तो भूल गया की में कौन हूं, क्यों हूं? वजूद मीता चुका था खुद का, वक्त के साथ वो झकम और भी गहरे हो गए थे सयाद उस वक्त ही संभल जाने गए थे जब तुम्हारे तथाकथित दोस्त के लिए तुम्हारी फिकर मुजसे... छुइके है बिल्कु उस मैटी के धर की तरह जो कभी भी टूट सकता है, अगर में अपने लफ्जों में कुछ कह रहा हूं तो चिंता मत करना क्यों में अपनी सीमा जनता हूं, मर्द हूं और ना तो हूं यह तो चिंता मत करना ऐशी कोई छोटा बनी ही नहीं न ही कोई दर्द की रिवायत बनी है जो तुम्हारे अपने में आकार में ऊषे मशहूर करने की गुस्ताकी करू, जिस वक्त तुम्हें अलविदा कह रहा था वह वही था था तुम पर की काश में मिला कोई और नहीं, हर किशी की सीमा एक जैसी नहीं होती और न ही एक जैसे आधार होते हैं, हम मर्द तो है पर पंज उनगियों तरह की थोड़ी होती है, तो देवदास हूं और ना ही ही मेरे पास चंद्रमुखी और पारो है में, मेरे लिए सिर्फ तुम थी और तुम्हारे आगे कुछ भी नहीं, पर ये जिंदगी भी तुम्हारी मोहब्बत की तरह मेरे उससे में कुछ रास नहीं आई, मोहब्बत तो इसे भी बहुत ज्यादा तुम थी पर सजदे में ऐसे मैं भी हूं भी हूं। पहले ही महसूश की है...

है कुछ कुछ अधूरा चूड़ कर जा रहा सयाद कुछ उसका सब से लिख रहा हूं मैंने अपने लिए ही कुछ भी नहीं खारिदा प्रति वक्त के साथ दसो की गंदी नजरों से तुम्हें बहुत अच्छा है न हो मेरे उससे में पर मैंने फिर भी

उसे निभाने की सजीश की है, और मानता हूं की मेरी मजबूरियां को तुम से नहीं सक्ती, तुम्हें एक आराम शि जिंदगी की तलाश थी पर मैं तुम्हें दे नहीं पाया, तो दिखी थी पर नादन था इश्लीये समाज नहीं पाया, सोचा हूं ईश सेहर को छोड कर कहीं डर चला जाऊं, जहां न तो तुम्हारी यादें हो और ना ही तुम्हारी वो जूठी है वो भी मेरे साथ तो भी मेरे साथ जो मिले, क्योंकि जो साक्षी पहले से बरबाद है हम ऊसे संभल सकते हैं अब नहीं कर सकते हैं, मेरी हर एक लड़ी में मैंने तुम्हारे हर वक्त कुछ कहा है पर मुझे छोडने से पहले ये तुम होंगे तो उनके लिए पर कभी ही मुझे मिल है, डर रह कर भी तुम मेरे हलत नहीं समझ शक्ति क्योंकि जब करीब था तो बातें तो होती थी पर लेहजे की ख्वाइश कुछ खास नहीं था, तुम्हारे चिन खाने के बाद के सामने तुम्हारी लिखत कभी नहीं ठीक कर मेरे खुद इतना भी जूथा तो नहीं जो अपने बंदे की दूर भी सजदे में कबूल ना करे, अगर मेरे उससे मैं दर्द की रिवकायत दिखी हो तो माफ मैं करना तो क्या पूरा करूं थी पर सैयद निभा ना पाया, खैर वक्त के साथ मेरी यादे को तो तुम याद भी नहीं करोगे, प्रति सयाद जिशे दिन तुम्हारा दिल टूटेगा, तुम भी उशी महफिल में आओगी जहां तुम्ने मुझे, कहीं खैर मैं आया हूं। थे मेरे मा बाप के जो तुम्हारी मोहब्बत की वजह से पूरी न कर सका, ऐसी बात भी नहीं है मेरे खुद इतना जूथा है की कबर पर बैठी मेरी रूह की दुआ भी ना कबूल करे, पर तुम्हें पता भी है शि है कि मेरे तुम्हारे मरने के वक्त भी वही लाल जोडे में देख जिस्की खविश में मैंने खुद की चिता जलाई है, खैर ये खेल किशी और के साथ मत खेलना, क्योंकि हर मर्द एक जैशी नहीं होते, बश मेरे पास एक... तभी तो सोच की एक आयशा भी लड़का था मेरी जिंदगी जिशे तुम्हारे हुस्न से नहीं बाल्की तुमसे मोहब्बत थी, वो तुम्हें संभलने था था न की खुद को, टूट कर भी उसे वो मैंने उन लोगों में थी, कुछ लिखा है तुम्हारी यादें में हो खातिर तो लहजे में दिल की साफ नजरों से महसूश करना मोहब्बत भले ही सच्ची ना हो तुम्हारी पर मेरी कबर की थोड़ी इज्जत करना....

"देखो

बात आइशी

हाई
की तुमहे
5 रेस्टोरेंट
केए
खाना तोह
नही
प्रति अपना
हैथॉन
सेह बनी
कर
दाल
चावली
जर्रॉर
खिलयगे
बड़ा बड़ा
मॉल सेह
कापडे
तोह नहीं
प्रति सूट के.ए
एक जुरा
जर्रॉर
दिलायगे
मैं और
मेरी जान
लोग चांद
तारोनो
की बातें
करे है
हैम तोह
तुम्हारे

सुमीत कुमार

लिये
पूरी
अनुपात
ही
ख़रीद लायेगे .....”

2

रक्त का दिवस

Enter Caption

कुछ रास्ते आए होते हैं जो देखते हैं तो साफ है पर उनकी मंजिल हम से बहुत दूर रहती है, मतलब मैंने कभी स्कूल जाना था की जिश जिंदगी को मैं जना मानता हूं वो तो असलियत में एक नरग है, जब सीमा की जब उसकी सीमा पर करने लगा तो आए चक्कर में पर जिसी अहोश में अपनी सरियो खुशीयां ईश कादर लुटा दी मैंने की अब उनसे में सिर्फ रख बच्ची है, जिसश साक्षी से भी मुल्कत हुई ही सब नाद जब तुम उसके कबील बन जाऊं, पर सबने सिरफ समझौता मुझे पर किसी ने ये जहीर ही नहीं की चलती क्या है ये मेरे साथ चलने की ना ही किशी ने गुस्ताकी की, दिन की तरह परचा शम की हमरे महफिल में रात की झलक दिखी, यह किशी की भी जिंदगी साधरण बिलकुन नहीं, सब के एक ख्वाब एक कहता है, एक नोर है वो भी आगे बढ़ने की, कभी सोचा नहीं था की जिंदगी की यही के बचपन में दो एक करता था, ये इश्क है कौन शि चीज समझौता ही नहीं पाया आज तक, जिसके लिए मैंने हर वो रास्ते तय किए जो काटे से भरे थे, और जब उस मंजिल पर जा पौचा तो क्या तुमने कहा था लिया?

जब जिंदगी को जाने की तालाब थी तो समझ ही नहीं पाया की बहुत होती क्या है ये, प्रति जो भी सिलेबस से बाहर है इतना पता था, कफी कोशीश की इसे जाने की पर जब भी इस्के हरेब गया की पर र को शिद्दत तो की कुछ ऐश भी रास्ते तय करुंगा जो मुझे कामयाबाब बनाए पर उश एक सख्स ने उन रस्तो पर भी एक ऐश रह बनायी जिसने सिरफ मेरी मंजिल को ही नहीं बाल्की मेरे रसीह भी घुमराह तो नहीं रखना चाहता पर वजाह ही कुछ ऐसी है की अपने दर्द को चुनना नहीं सकता, जहीर करना चाहता हूं एन पन्नो के सहेरे और खुद को आप सब से वक्फ भी, वैसा ही मेरे नाम समान

ईश नाम की पहचान भले ही दो धर्मो अलग धर्मो की परचाई दिखी पर के करे सचाई ही कुछ ऐशी है, मेरे अब्बू जान एक ब्राह्मण से है और वह मेरी आमी जान एक मुस्लिम परवियार से हैं, ऐसे में लंबे हैं एक रहती अगर ये खुद की मोहब्बत के लिए नहीं लड़े, इनके परिवार ने और उनके परिवार ने भी गूलियन चली थी पर इनके कदम कभी रुके नहीं, न ही इन एक दसरे का साथ छोड़ा, मतलाब कोई इतना भी प्यार किया युग,

धर्मो से लड़कर ली वो भी एक दसरे को पन्ने के लिए, वैश मेरी कहानी हिमाचल से सुरु होती है और मेरे ख्वाब मेरी आगन सेह, बचपन से पढ़ने का बड़ा सुखा था, तब ऐसा होगा उस वक्त समझ ही नहीं आती थी की वो कहना क्या कहता है इश्क के बारे में, केई बार मैंने इसके बारे में सुना है, पर कभी इसे अपना तालाब नहीं बनाया, क्योंकि उमर भी हमें वक्त था जो भी था जाति, और ऊपर ए अकेलेपन माही एसोश नहीं होता था क्योंकि मेरे लिए अम्मी और अब्बू का साथ ही कफी था, कभी आइशी भी ज़िद नहीं की मेरे अब्बू पुराना न कर खातिर और कभी ऐशी भी खैरात उनके साथ मैं मैं नहीं की मेरी अम्मी न मुझे कुछ ल था मेरी जिंदगी में, मैं संभल कर अपने रसत चल रहा था जैसा कि मुझे सिख गया था, न तो एक कदम इधर और ने ही एक कदम उठा बस सीधे, भाग है मंजिल भी सीधे नहीं बन्ती से उस मंजिल से अगर रास्ते में बने होंगे तो, प्रति मैंने तो सोच लिया था में कभी एन रस्तो पर नहीं चलूंगा, प्रति जो सोचता है वो कभी होता ही नहीं, ठीक विज्ञान इसके बारे में क्या कहेगा?

खैर साइंस जो भी कहे इसके बारे में इतना जरूर जनता हूं की अगर एन रस्तो पर हम एक बार चलने की कोशिश करते हैं तो ये हमारा हाथ कभी नहीं छोड़ते और वो इशलिय नहीं छोड़ते फिर तब होता है जब सयाद मुझे ये फ़िदरत मिली थी, और जब में इसके करीब गया तो ये पहले तो नायब थी मेरे लिए पर वक्त रहते इस्के आदत लग गई मुझे, और ये नया चीज मुझे तब मिली जब मैंने अपना, सेह अंजान नहीं था बश करना नहीं चाहता क्योंकि रस्ते ही कुछ अलग थे मेरे, सपने भी कुछ अलग थे, पर कहते हैं कि हम कोशिश करते हैं वो हमी बार-बार-बार - थी जो बेहद कूल थी, मतलब सारे लड़के उसे पसंद करते थे, और कहीं न कहीं में पसंद करता था पर कभी कहने की हिम्मत इशलिये नहीं हुई क्योंकि उसके पीछे पहले सेह लोग पारे थे, मतलाब भी फिल्मइशिलये मैंने उससे कभी कुछ कहा ही नहीं, हिमा ही नहीं थी कहने की स्याद, इशलिये वो भी एक ख्वाब की तरह मेरी जिंदगी में आई और चली गई, अब्बू मुझे हमश समझौता थे में कभी कभी। आने की जिश तालीम की इल्म मुझे बब्बू दे रहे वो एक तरह से सही ही है क्योंकि मुझसे पहले ही वो एन चीजो को महसूश कर चुके हैं, वैसा ही इश्क में बड़े लफ्दे मुल्क होते हैं, मैं तब

तक सुन रहा हूं लड़की से हुई जस में जनता भी नहीं था, मतलब हा हम अंजाने थे एक दसरे के लिए पर जब एक दसरे से मिले तो पहचान बन गई वैसा ही उसका नाम अचल था पहले हम मील? अब ये मैट पुचना की कैसे, जैसे सब मिलते हैं बस, ट्रेन, टूरिस्ट प्लेस, ये किशी रेस्टोरेंट के बहार, पब पार्टियां और भी बहुत कुछ, सुरूरत में बातें हुई, फिर हम अच्छे दोस्त बन गए हैं गई थी जब इसकी सुरूरत हुई जिशे रिलेशनशिप कहते हैं, मतलाब सोच था की क्या है? मैटलैब कौन शी माया है जिसमे 10 बार कॉल्स, केई मैसेज, और एक दिन में केई बार अल्दना, मतलब जब अंजान थे तो ऐसी को दीकत हुई ही नहीं पर जब सेह हम एक दुसरे पर सेह मिले तो फिर निकल गए, उस वक्त मेरी मुलाकत एक और साक्षी से हुई जो मुझे समझी थी, मेरी बातें सुनती थी काहे वो कैसी भी क्यूं ना हो, अगर सच कहु तो सयाद हमरे बीच भी कुछ जो कुछ भी कुछ यह है माया मुझे ये बात कहां पता थी? मतलब के सिग्नल मिले थे प्रति कहते हैं ईश में लोग .... बन ही जाते हैं, में भी बन गया था कुछ डर के लिए, सब कुछ भूल करे ये तक अपने रिश्ते भी जो अपने थे, अपने दोस्त, ,हर बात प्रति गुसा होना, छोटी-छोटी बातें लडना अपने से छोटे पर हाथ उठाना और भी बहुत कुछ, उस वक्त आचल से इतना दूर हो चुका था जिसे हम याद करते हैं, मैं कभी भी कहता हूं यह वही है, ये हिमाचल का सीधा सादा लड़का किशी के इश्क में कब बदल गया पता ही नहीं चला और जब खबर हुई की बहुत दूर आ गया था, तो वापस लौटने की जैसी कोशीह की पर कभी मूल लौटा नहीं उस मंजिल, नेटवर्किंग सेह थी, मतलब प्यार बिलकुल संभावना की तरह है भी और नहीं भी, हो भी सकता है और नहीं भी हो सकता है, प्रति मैंने कभी सोचा ही नहीं ये आइशी भी कुछ होगा, फिर से वही हुआ, हमने पहले मुझे अपने बारे में कुछ बता और मैंने अपने बारे में सब कुछ बता दिया, फिर कमजूरियां मिली, उसे मिलने बुलाया और जब में गया तो वो आया ही नहीं, मतलब कितनी सरल प्रेम कहानी है ना?

बिलकुल भी नहीं, जब में उससे मिलने गया था तो मैंने उसका इंतजार सिरफ एक दिन नहीं किया, दो दिन नहीं किया, जिश जग उसे मुझे

बुलाया था में लगभाग एक हफ्ते तक वह वही धुंध मलवाडियं में भी ऐसे ही जिस्की अहोश में उश वर पारा, था, सदके, नालियां और भी बहुत कुछ था नेखने के लिए, ऊपर से अम्मी जान की बातें और अब्बू जान की तबिया और अपने परिवार की अमिच जान, वही थी, की तू अपने ईश के लिए सिरफ अपनी कौम ओको छोड़ कर जा रहा है, अपने रिश्ते भी तोड़ कर जा रहा है, पर तुझे जरा भी अंदाज है कि अगर पर वो न मिल तो लौटते वक्त? वो तो कल की आई लड़की है क्या वो तेरे साथ निभाएगी? जिश तारह हमें तुझे सम्भला है क्या वो संभल पायेगा? अगर हा तो चला जा में रुकेगी की नहीं तुझे अगर नहीं तो खुद को संभलने की कोशिश करना ....

सयाद एक बार ही सही पर उनकी बात ध्यान से सुन लेनी चाये थी, क्योंकि जिश साक्षी के पीछे में जा रहा था उसका तो कोई वजूद ही नहीं था, और जब वह वापस लौटा तो खुद के लिए ऐसा ही था था पर उसके दीदार की एक झलक भी न दिखी, ऐशी बात नहीं थी मुझे तालाब उससे जुड़ने की बाश जो खोया था उससे मैं उसे लौटना चाहता था वो भी खुद को एक ऐसा ही कफस में दाल कर एक फिर से कोई हर, रास्ते भले ही बुरे हो पर रास्ते ही होते हैं और मोहब्बत कितनी भी जूठी क्यों न मोहब्बत ही होती है, और स्याद एक तरह से ही सही पर उनसे में मिली थी मुझे वो भी मेरे लिए किशी और के लिए?

"इश्क

एक आइशी

वैश्य

हाई

जिसके

धर्म

की ना

तो

कोई

पहचान
हाई
और ना
ही किशी
मोहल्ले
की ये
बेवफा जानी
हाई
दे घुमा के
फार्क
टीओएच आईटीएनए
हाई कि
ये लोगे
कू
बारबाडी
तोह कार्ति
है प्रति साली
वजाह
नहीं देती ...."

3

अपराध का क्षितिज

8 महीने पहले ....

वही सुरुरात बहुत पहले ही हो चुकी थी मैंने ये पहले भी जहीर किया पर किश चीज की सुरूरत हुई है इसके बारे में मैंने कुछ भी नहीं कहा है, खैर जो भी बातें है भले ही एक सच्चा है दिखने वाली जिसी हर एक

कल्पना उश दर्द से होकर गुजराती है, जो मेरी हकीकत भी है और एक ख़्वाब भी, मैंने जिंदगी को खुद के भविष्य को कभी महान नहीं दिया, मतलब चिल्लाना फिरना फिरना, ,उश वक्त परिवार के ख़्वाब इशली नहीं देखते थे क्योंकि पापा ने कभी मुझे वो महसूश ही नहीं होने दिया की आख़िर में हूं कौन? सहजे की तरह रखते थे मुझे वो और मेरी अम्मी जान मुझे तो अपना खोइनार मंती है, मैं अपने घर में सबसे बड़ा हूं पर यह अहसास करने के लिए भी मेरी छोटे भाई-बहन है आपको हमारी जिमेदारी लेनी ही परेगी, जब पहली बार स्नातक पुराना किया तब घर में सब खुश थे की उनका बड़ा बेटा अब कामयाब हो गया है, अपनी पढाई जो पूरी कर ले उसे, फिर वही लोग जॉब मिल नहीं रही थी, इशलीए एक वक्त के बाद मैंने भी कोष छोड़ दी, प्रति इसे बाद भी मेरे परिवार ने मेरे साथ नहीं छोटा, उस वक्त एक ऐसी मंजिल पर जहां में खुद के लिए वजूद की को कौन? यही बात नहीं थी की घर के हलत दिखते नहीं थे, पापा की वो गंडे मिले कपड़े और उनका काम करना वो भी मेरे लिए, ऐसी भी बात नहीं है की अपनी नई जान के वो कोहिनूर जाहिद इतने मोहोश होता था पर अगले ही पाला सब भूल जाता था, इतनी बारबाड कम नहीं थी मेरी महफिल में की उस खुदा ने मुझे उस सच से भी जल्द ही मुकाबली कर दिया जिसकी सोच और यहां इतनी थी और सयाद आखिरी बरबादी थी पर कुछ ठीक से कहीं नहीं कह सकता, हम पहली बार एक सोशल नेटवर्किंग साइट के श्रू मिले थे, मतलब हमारी पहली मुलकत वही हुई थी, वैशे उस सोशल नेटवर्किंग साइट का नाम बड़ा अब में अब, चुका हूं प्रति "SYCONT"नाम से थी, जब हम पहली बार मिले तो हम एक दसरे के लिए बिलकुल अंजाने थे, ये तक के हमारे नाम भी जाने थे के दसरे से, नाम की सुरूरत जहां होगा, वहा वो होता है। ये प्यार से बातें करते थे, वो खुद की पहचान बताते थे, इसके पीछे भी एक राज है? पहले तो कुछ दिन बातें हुई हमारी जैश की सब करते हैं, फिर बाद में दो गई, मेरे लिए ये एक तरफ थी, क्योंकि जो इसके बाद मेरे लगे थे, न तो में उसे किशी को बता सकता था और न ही हिम्मत थी किशी को कहने की, जो अब अपने घर में 10 मिनट तक दिन भर घर में रहने लगा था, वो भी अपने दोस्तो से डर, अपने परिवार से डर वो भी एक अलग दुनिया में सब के होते हुए भी।

मैं उस वक्त खुद को समझने की कोशिश भी नहीं करना चाहता था, बश खुद को उसकी बातों के सहे सुखों और तालाब की वो कहता देना चाहता था जिसे लोग सहानुभूति के नाम से भी, हर दिन जानते थे बात और उसके बाद उसका दातन फिर प्यार करना फिर बात करना, पर उसे कभी सच्चा मुझे नहीं बतायी, हा एक दिन बतायी की मेरे नाम श्रुति देशमुख है, और मैं एक कलाकार हूं, वही सही तो वहीं जो उसके कहने पर भी उसकी फ़िदरात को अपनी आँखें सेह पता नहीं पाया, हर बार उसे वो सच्चा दिखने की कोषिश की प्रति .

मैंने कभी उसकी बातें पर भरोसा ही नहीं किया, मैं उस वक्त एक ऐसी नौ प्रति सावर था जिसके लिए दोनो तारफ पानी नहीं बाल्की रख थी वो भी बरबादी की, वही पागलपान, रात भर बात करना, किशी ना करना देना, किशी से अच्छी तरह से बातें भी नहीं करना, घर के हाल उसी एक इश्क की कफस में कब भूल गया पता ही नहीं चला।

द जनता था की गलत हूं कहीं न कहीं पर कभी ईश हकीकत को अपना ही नहीं, अम्मी ने केई बार कहा था की एक अंजान साखे के लिए भले ही तुम इतने को छोड रहे हो पर इतना ध्यान क्योंकि एक इंसान जब इश्क में टूटा था न तो वो कौन ही उसे अपनी है, तो किशी को इतनी भी तकलीफ मत दो अपने वजूद के सहेरे की वो तुम्हारे कबर पर बैठा कर भी तुम्हारे लिए।

दोबारा बात मन लेटा उस वक्त तोह कदर खुद जलील न होते पूरी महफिल के सामने, और अगर बातें रिश्तो की करू तो कुछ खास नहीं रहा उनके लिए उन सब के बाद जो मैंने खेला तीन था, को अपने बारे में बाते के बाद हमने ये सोचा की हम मिलना चाये पर उसे वो जगह कभी बतायी ही नहीं जहां वो रहती थी, मतलाब उसने मुझसे जुथ कहा था की वो दिल्ली में रहती है, ये मिले हैं सच कहु तो उसके कहने के बाद में बड़ा बेटाब उसे सामने से देखने के लिए, ये तक की मैंने सारी तयियारियां भी कर ली, में जाने के लिए पूरा तयर था ये बिना देखे जाने की एरे जाने से पहले मुझे रौका था क्योंकी पापा की तबियत उस वक्त बहुत खराब चल

रही थी पर मैंने उनकी एक नहीं सुनी और उसश सेह मिलने चला गया जिस्की वजूद की हर एक कहानी जूठ के लिए।

मैं उस घर की चौकठ छोड़ कर चला तो गया था पर सयाद ये उम्मेद नहीं थी की जिश चौकथ को मैं उस दिन छोड़ कर गया था, उस चौकथ की किमत में कभी अदा नहीं कर सकता था वो भी वही जिंदगी पिता ने अपने बेटे के लिए, कितना खुश था वो, प्रति मैंने क्या किया आपके पापा के लिए, उन्हे एक आइशी दर्द की रिवायत दी मैंने जिसके लिए आज भी कहीं दूर है मेरी एन आंखें में, काश दूर है वक्फ ही नहीं होते उस साक्षी से जिस मेरी जिंदगी एक आइशी कलाम से लिखी थी जैसी कहानी भी एक तालाब थी मार्ग की .....

खैर उसे मुझे जहां बुलाया था में वह गया भी, काफी डेर तक उसका इंतजार भी किया, दिन से शाम और शाम से रात हो गई लगभग दो दिन हो गए थे, मैं कुछ कुछ खास था, अच्छा और केई मिस्ड कॉल आए थे पर हिम्मत नहीं था की उनके कॉल उठा कर ये बोलू की मा माफ कर गलत हो गई है, जिसे नौ महिने अपने प्रति में अपने पाला वो तो आपके होते हुए किसी और की रखवाली, करने के लिए चूका हूं अम्मी, प्रति आप से बहुत मोहब्बत है, आपको कभी भूल नहीं आ सकते हैं आने की कोशिश करू भी तो कैसे करू? किशी तराह से अपनी नज़र से मिला पाउंगा?

खैर सोच तो बहुत पहले ही लिए था की अब नहीं लौटूंगा पर अब्बू जान और अम्मी जान के सेहरे भूल नहीं पा रहा था में, बश उन का ख्याल आ रहा था में था की वो क्या होगा पर वो चौकथ ईश बार अनजानी थी मुझसे, ये सयाद में अंजान था उससे? सब कुछ भिकरा हुआ था? मेरी मोहब्बत, मेरे रिश्ते और मेरा परिवार भी....

जब घर वापस लौटता तो घर में कोई नहीं था, मैंने आगल परोश में पुचा भी तो किशी ने जबाब नहीं दिया, आयशा लग रहा था कि मेरी खुद की कौम मुझसे दूर हो गई है, मैं कहां गया हूं क्या है? कोई मुझे बतायेगा ? मैंने उस वक्त के बार भटका पर मेरी परिवार की खबर किशी नी मुझे नहीं दी, उस वक्त में क्या महसूश कर रहा था वो में ही जनता था, मेरे

आशियाने की हर हर में उस वक्त बहुत कुछ सोचा था, पर ऐतराज़ कभी कुछ कहने की हिम्मत ही नहीं उन दीवारो से की में गलत था मुझे माफ़ कर दो और मुझे फिर से अपना लो? इतने में मेरे मुलकत अपने ही के दोस्त अक्ष से हुई, मैंने जैसे ही उसे देखा, मैंने सबसे पहले अपने परिवार के बारे में पूछा, प्रति उस वक्त उसे मुझे कुछ साफ जाहिर नहीं बताया है। मैं अब्बू को अस्पताल लेकर गए, क्योंकि उनकी तबियत मेरे जाने के बाद बहुत खराब हो गई थी इशलिये वो उन्हें लेकर गए हैं, इस से पहले में कुछ और कहते हैं, मैं वहां से भागते हूं, पता देखता हूं देखा न तो आंदर से मेरी रूह मार चुक थी, क्योंकि मैंने कभी उने ईश कदर टूटा हुआ नहीं देखा, उनके आंखे में आसुं नहीं देखे, उनकी लछारी, वो उस वक्त मुझे एक आइश सीतां में वह भी है। डर नहीं कर सकता था, जुर्म तो किया था मैंने पर उस मां की आंखें ने उस वक्त भी मुझे दोषी नहीं मान, न ही कोई साजा दी मेरी महफिल में, बश अम्मी जान सिरफ एक बात कहीं है? तुन्ने कुछ खास की नहीं? कहा था इतने दिन तक? चल अब्बू सेह मिल ले अपने वो तेरी चिंता कर रहे थे, मैंने उन बोला की समीर आ जाएगा आप चिंता मत करो, फिर भी तेरे अब्बू मानता ही नहीं है .....

मैं जान के लफ्जो को सुनते ही मर चुका था में और सेह, मेरी रूह मुझे धुक्कर रही थी, कुछ कहने के लिए मैं नहीं था पर इतना ज़ोरोरा जनता था की ईश बार जिश मैं की सुर में नहीं है, उन तो जल्दबाजी हुई गले लगा लिया मुझे प्रति खुद के और जो कफस मुझे हर बार मार्ग के करीब लेकर जा रहा था क्या? कैसे बोला उन्हे उस वक्त की माफ कर दो? है जाने बहुत बड़ी गल्ती हुई है दाता लो, मार भी लो, प्रति ईश कदर की बातें मेरे अंदर मेरी इंसानियत को धुरंधर रही है, मैं जी नहीं पाउंगा, दर्द को लेकर, और न जाने कितने... मैं उस में कभी भूल ही नहीं पाउंगा, मैंने उस वक्त कुछ भी नहीं कहा बश अब्बू के पास गया और उन्हे गले से लगा, उस दिन दो बात सिखी थी उससे मैंने मैंने, पहली ये की आपकी सबसे ज्यादा शिद्दत और और अगर गल्ती से भी ये कहीं एक जैसी हो गई तो एक अच्छे खासे साक्षी को भी बरबाद कर देती है, मैं उस दिन जनता था की मैंने उस दिन खोया है जो उसके बवजूद भी में अपने लिए सहर है इस जनता था की शाम की सुभा एक दिन लिए भले ही अपनी परचा

छोड़ सकती है पर एक मां की ममता अपने बच्चे साथ कभी नहीं छोटी, एन सब के बाद कल्फी दिन लगे, बहुत कुछ घर जो भी थी नायब थी और में उससे खुश था, जा न था की मेरे रिश्ते पहले जैसे नहीं हो सकते हैं, प्रति इतने भी खराब नहीं हुए में उन्हे दुबारा संभल, आबू के ठीक होने के बाद लगभाग 2 माहिन के बाद मैनेजर मैंने भी एक कंपनी ज्वाइन कर ली, और वह भी बन गया, अब्बू और अम्मी मेरी फरोह को देख कर बहुत खुश थे और मेरी जो तबुसां खो गई किशी के इश्क में वो फिर से वापस लौट आई...

कोई वैसा ही जिश हकीकत को मैंने को रहस्या की परगई दी है वो कोई और नहीं मेरे अत की एक झलक है, क्योंकि जिश जगा पर वो मुझे लेकर गए थे, वहां कुछ नहीं पता था उस समय की जिश में उन सब के बाद कभी मिलना नहीं चाहता था कि बहुत ही मुझे मरने के लिए नेपाल आएगा, इस्से फेले में उससे कुछ बातें करता हूं मैंने भगने की कोशिश की किशी भी, वास्तव में कहीं से बिलकुल नहीं थी जिससे में उस दिन मिल नहीं पाया, पर वो दिल्ली आई थी मुझसे मिलना, उसे मुहे देखा भी था, उसे ये सारी बातें मुझसे कही, जिस भरोशे की रिवायत 8 महिन पेहले ही के साथ मेरे तब होता था, मेरे खुद को उस वक्त किशन संभल रहा था में ही जनता था, मेरे तो मान कर रहा था कि गाला भूत दून जिसे मेरी दुनिया बरबाद की है, मेरी जिंदगी, दिया है में उशे कैसी वह छोड दूं? पर लहजे में मोहब्बत थी और ये एक आइशी बेवफा जो वक्त देख कर बरबाद नहीं करता किशी साक्षी को, इसे पहले वो मुझे कुछ कहने की कोशिश कार्ति में वह सेह भगने की रिवायत कर रहा था। कर कुछ वक्त में ही में फी से पक्का गया पर इसे बार उन्होनें मेरे पाउ प्रति गोलियां चली थी, बो इशलिये क्योंकी वो मुझे कैद कर के रखना कहते थे, प्रति में समाधान नहीं पा रहा था? और सयाद उस वक्त मनाने के हलत में भी नहीं था क्योंकि जब उन गोलियों चली वो सीधे मेरे पाउ प्रति आकार लगी और दसरी देखे में? इन सब के बाद क्या हुआ? मुझे कुछ भी नहीं पता क्योंकी जिश आहोश में उस वक्त में खो चुका था सैयद उससे लौट पाए मेरे लिए इतनी जल्दी लौट बिलकुल मुलजिम नहीं है? ....

बहुत वो कहते क्या थे? और वो साक्षी है कौन है जिसे पहले तो फिर धोके की रिवायत दी और आब मेरे कबर के लिए जमीन को कुछ टुकड़े मेरे नाम कर रहा है...

> *" की एक तलब*
> *थी*
> *जो वक्त*
> *के साथ*
> *खटम*
> *हो चली*
> *हाई*
> *मैं और*
> *जिनसे*
> *बे-शुमार*
> *मुहब्बत*
> *थी मुझे*
> *वो तोह*
> *मेरे कबर*
> *प्रति*
> *आज*
> *खुद की*
> *बारत*
> *लेकरी*
> *आई है ....."*